www.casterman.com

ISBN 978-2-203-15471-1

ZOÉ et THÉO

à la ferme

Catherine Metzmeyer & Marc Vanenis

casterman

Zoé et Théo passent quelques jours à la ferme de leur cousin. Ils sont allés tout seuls acheter le pain pour le déjeuner.

— Moi, je vais de ce côté-ci voir l'ânon, dit Théo.
— Moi, je vais de ce côté-là voir les poussins, décide Zoé.

Dans le poulailler, Zoé appelle :
— Venez, venez vous régaler.

Dans la prairie, Théo gronde doucement :
— À chacun son tour, les gourmands !

Zoé attire les chèvres et chantonne :
— Un bout rien que pour vous, mes belles !

Théo câline les agneaux :
— Bon appétit à vous aussi !

Zoé caresse le lapin et murmure :
— Pas de pain sec aujourd'hui !

Dans la porcherie, Théo annonce :
— C'est l'heure de manger, les amis !

En retrouvant Zoé, Théo constate :
— Ton pain aussi est riquiqui.
Ils décident de garder le reste pour midi.

Mais les canetons sont si mignons : « Petits, petits ! »

Zoé confie à Théo : — Je crois que le paon fait la roue
pour nous demander un petit morceau.

À ce moment-là, leur cousin, l'air fâché, arrive :
— Enfin vous voilà ! Mais vous avez oublié le pain !

Zoé et Théo sont un peu penauds.
— Nous l'avons donné aux animaux !

Mais nous avons gardé pour toi ces deux petits croûtons si croustillants et tellement bons !

Imprimé en Espagne.
Dépôt légal septembre 2006 ; D2006/0053/545
Déposé au ministère de la Justice, Paris
(loi n°49.956 du 16 juillet 1949 sur les publications destinées à la jeunesse).